児島良一歌集

遠　景

青磁社

はじめに

平成十二年から十二年間、短歌結社「塔」に所属して下手の横好き、曲りなりに短歌を勉強しておりました。毎月十首を課題として提出する中から選歌されて「塔」誌上に掲載されたものが十二年間で五百首位になったでしょうか。更にその中よりこのたび自選して二百首ほどに絞り、素人の拙いものでお恥かしい限りですが八十七才の私としては余生短い自分なりの存在証明として編むことにしました。もしこの小冊子がお目に触れてお読みいただくご縁があればどうぞご寛恕ご批正をお願い申し上げます。

これを編むについてご指導を賜わりました黒住嘉輝先生に厚く御礼を申し上げます。

令和三年三月吉日

児島　良一

遠景＊目次

児島良一歌集

遠景

敗戦

たたかいに敗れし夏の暑き日は少年痩せてひもじかりけり

いつかまた白めし食える日のあると敗戦の晩十二歳《じゅうに》の想い

いくさ果て痩せておできのわれを見し小学教師短く「…どした」

昭和二十年二月小学五年生の時、集団疎開先大和郡山町より法隆寺へ雪の行軍

霏々と降る大和の野面薄墨に村しずもりて門を閉ざしつ

折れ蘆の縁《ふち》に素枯れて氷りたる池に音なく雪降りいたり

敗戦に傾《なだ》れゆく日々如月の法隆寺の塔黒く立ちいつ

いかるがのみ寺雪降る回廊の長くめぐりていくさ影なし

いくさ果てむ年のきさらぎ夕凍《じ》みに怺えいしもの飢えと悪意と

なじみなき疎開の村のはずれにて桜ひともとひそと咲きいし

野にありて河内の老爺腰曲り書《ふみ》を読まずも戦は負けると

敗戦の放送聞きてたじろがず「また一新や」と老爺云いたり

敗戦の四、五日あとに竹売りの道行く声を平和と聞きぬ

国破れ家ほころびし惨めにも冬には雪の清しく降りぬ

夏の陽に焼けたる瓦温石《おんじゃく》と腹に当てたるくらしのありき

敗戦を嘆きし大人みな逝きぬその孫、曾孫《ひこ》に面差し残し

シベリヤの俘虜たりし日に小堀宗慶師雪割りて咲く花を見しとう

雲厚きシベリヤの春ひとすじの光に小さく青き花咲くと

ふと横切る遠き昭和の冬の日の出で征く夫《つま》に嗚咽する妻《ひと》

戴きし梅の盆栽庭に植えいつしか育ち初夏に実の生る

日本の未来を憂えずこの現在《いま》を「タノシミクダサイ」とベトナム青年

折口信夫

海暗き能登の砂浜雲低く折口信夫父子塚のあり

雲低く垂れ砂丘《すなおか》に父子塚のしずもりありて能登の昏れゆく

ふるき世の杳《くら》きかなたのかそかなる民の拠《よ》り所《ど》を究めたるひと

出陣の学徒に生きて帰りなば学問の道絶やすなかれと

詩を湛え刃《やいば》つめたき師の君はことば自在にうたを詠まれし

ひたすらに師を仰ぎ見て仕えたる岡野弘彦求道の若き日

山川登美子

塩の道鯖街道はふるきより京と若狭をつなぎたる道

雪山を越えて京より父の死に登美子かえりし若狭への道

若狭ひと山川登美子の影追いてその歌跡を尋ね来たりぬ

間延びせる仏法僧の鳴く樹下《こした》登美子の墓へとあえぎ登りぬ

山際のしめり小暗き中丘に登美子の親族《うから》倚《よ》りて眠れる

登美子いし明治の小浜つつましく家並揃いて木格子ありけむ

玲瓏

「玲瓏」と色紙に墨のくきやかに筆置く若き羽生も玲瓏

筆走る林芙美子の葉書見ぬ大原富枝に歯切れよき文章《ふみ》

（高知県立文学館にて）

校庭の昏れし片隅練習のバット乱れず音響きおり

湖近き寺の階段《きざはし》つゆ明けて光まばゆし若き僧ゆく
（三井寺にて）

梅の木の幹を煮出して糸染める人つぶやきぬ「陽の恵みどす」

とりどりに染めたる糸をそのひとは丸輪に垂らし紐に組みゆく

伊勢

伊勢にきて木の葉匂える参道の清しき気配おそれつつゆく

いず方に神のいますかこの社《やしろ》木洩れ日斜に檜葉の匂える

うつくしき囚われびとか斎宮の都恋しの和歌《うた》あまたあり

山並みの低くめぐれる伊賀の野に群れ点々と彼岸花咲く

伊勢道の常夜灯籠お化けめき燃ゆるあぶらに人蛾を寄せし

梅が枝に合格いのる鈴なりの祈文《ふみ》さりげなく宮司除《と》りゆく

いのち

母姉の死にしを知るかひたすらに二歳ものの食むいのちのありて

生き埋めの恐怖に耐えて幼児《おさなご》の記憶あらむも笑みてもの食む

地下深く地震《ない》起りくるわが地球《ほし》の劫初《ごうしょ》の力人力《ひと》の小さき

山崩れ人おののきし中越の地震の予知はまだ深き闇

いかな死を望むと問われ躊躇なく渡辺淳一「もちろん情死」と

おだやかに君笑み浮かべ奥方の通夜に立ちいし顔白かりき

しぐれ過ぎ紫陽花あおき東慶寺《とけいじ》のひくき碑《いしぶみ》おんな文字なる

彷徨の果て東慶寺にしずもれる田村俊子の碑に口紅の文字

透明な日射しあかるき奈良坂の小さき野仏笑みていませる

高野杉たかき木立の透き間よりひかり斜めにおくつきに降る

豊臣も明智も眠るおくつきに高野杉古り風花の舞う

みどり濃くゆたかに広き御所うちの茜さす空雲光りゆく

うす墨に昏れゆく御所は人影のすくなく空にちいさき機影

海沿いをたどりゆく旅大田《おおだ》なるそのひとの故地雪降りしきる

咲きそめし桜をよそに友逝きぬ水のごとくに過ぎし三十年《みそとせ》

うつろい

年ごとに三岸節子のたくましき筆あと重く色沈みたり

庭隅にほのかに咲きしつわぶきの黄のほとびくる日足伸ぶるに

そのかみのモダンガールのやや鬱に神経衰弱よと訂《ただ》しわらいぬ

演歌《うた》に聞く熢灘《ひうち》とう詞《し》につらき杳《とお》き闇夜の爆音《おと》よみがえる

熢灘その名知りしは空襲の敵機来襲告げしラジオに

降霜といふうに昼なおむし暑く部屋で単衣《ひとえ》をゆるやかに着る

駅前のときに立寄り娯《たの》しみし本屋もこの秋店を閉じたり

わが町の周辺いつしか金物屋荒物雑貨本屋消えいき

岸和田の古き町並紀州へとつづく通りに絲屋のありき

ある時はうちに滾りしものありて雪の夜道をむやみに歩みぬ

寂しむと佐藤佐太郎詠いたるいたつきがちも六十路は若き

きさらぎの日射しの中にチューリップ土をはつかに割りて萌え待つ

春風の寒きに庭のバラ芽吹きとなりの子らも巣立ちゆくなり

うつくしき出会いもあらむ卒業の子らは十八花どきにして

三月は卒業就職入学と別れ月とも振られ月とも

くらし

ちぎれ雲片夕映えて底冷えの下京の路地ひと日昏れゆく

やわらかき京の「おおきに」聞き馴れて電話のおわりわれもいつしか

冬空にメタセコイアの円錐の枝先繊《ほそ》きうすく茶を刷く

包丁の音なめらかに夕仕度妻の肩背のすこしかがまる

庭の木瓜《ぼけ》妻の鋏のリズムよく瓶の一《ひと》挿し部屋の明るむ

亡き母の使いし道具か覚えある納屋に残れる炭火アイロン

おばあちゃんの手揉み茶ですと贈られし袋は今様チャック密閉

透きとおる白露の日射しこぼさじとものを干したり狭きベランダ

屋根上にパネル並べて蓄電の土佐の山里神社《やしろ》さびたり

百済寺紅葉かさなる参道の石段見上げ踏み登りゆく

長崎の眼鏡橋には石組みの鬩ぎ動かぬ力学のあり

つれづれ

行成の書きし筆跡《ふでのあと》臨書する墨のほのかな韻《ひびき》を追いて

ジャスミンの茶に似し香り植込みに白とむらさきその花と知る

苦学生なれど汚れず身なりよき吾《あ》をプチブルと云いし人あり

眼下《まなした》のうず潮越えて阿波にきしお弓の郷土《さと》を青葉雨降る

寂聴の生《あ》れし町なる徳島は眉山を囲み梅雨めきてふる

足利の建てし禅寺鹿王院実生の松の庭に伸びおり

つき合いの絶えて久しくすでに亡き名前の多き古き住所録《アドレス》

冬至とう極みの果てのきょうよりは日足伸びゆくまた春のくる

かすかなる日足の伸びか暮五時のビルの西側入り日の赤き

産《うぶ》土《すな》

わが町と誇り語れる所なくいずれも汚れくらき色染む

わが生地《せいち》昏《とお》き記憶に淀みたる運河のありてゴミ流れいし

産土は昭和のはじめ父わかくいたつきてあり雲ちぎれゆく

きょうだいの父を畏怖せる記憶にはそれぞれ少し温度差のあり

くすの木の記憶かすかな産土の社《やしろ》のめぐりいまコリア町

うから

ふた月と十日経ちたる嬰児《みどりご》の目は濡れ濡れと人を見つむる

黒き目に人を見つむるかがやきのありて嬰児《みどりご》すこしわらえり

世事うとき医師なる息子親となりはじめての子を愛おしみ抱く

十一歳《じゅういち》の少女陽に焼け丈伸びてうなじあえかに産毛光れる

口数の少くなりし十一歳《じゅういち》の少女陽に焼け本を読むなり

手際よくスプーンを配り砂糖添え五年《ごねん》生の少女紅茶注ぎゆく

祖父母《おおおや》の住みいしふるき松屋町明治の雪は霏々と降りにき

冬空の晴れて銀杏の降りしきるいま御堂筋祖父生《あ》れし場所

大阪の巷に生きしわが父祖は幸《さいわい》薄く若く死にたり

イスラム

文明のあけぼの告げしチグリスのほとり今いく戦車の列は
楔形の文字に記されし民びとは「ビール好みて戦厭いし」と

ひたすらに額づき祈るイスラムの人になにゆえいくさの多き

いにしえのハムラビ法典〝目には目を〟アラブの掟いまも変わらず

砂熱き乾ける土地に埋もれいしペルシャの陶片ブルーの深き

サラセンの陶の肌《はだえ》にからくさの金のふちどり藍の色濃き

砂つぶて荒ぶる土地に生きてきし人かたくなにまなざし暗き

ゴビ砂漠黄土高原越えてきし黄砂まじりの春告げる風

人を焼く匂いの記憶ふとかすめカイロの路地のほそき夏ぞら

象形の文字を刻める石ありておとこひと日の労賃を記す

坂道の細く曲りて壁あつき家のひしめくトレドの町は

砂の舞う異教の町に白布をまといゆく女《ひと》まなこ険しき

北欧

海なりしアルトア丘陵いく世経てひなげし咲きて夏空昏れず

夏至祝い少女踊れるアルトアの丘はいくども戦のありき

昏れおそきケルンの町に紫陽花の紅く咲きおりオタクサの末裔《すえ》

嵯峨野

嵯峨野ゆく竹の葉ずれの音しげく昼なお暗き細き道かな

孟宗の青ひと色に包まれて嵯峨野やぶ道いにしえもかくや

立秋のひかり斑《はだら》にこぼれいて竹の清しき祇王寺の庭

わら葺きの小さき庵なり祇王寺は山ふところの庭斜めなり

あだし野に笑みいし石仏それぞれに縁者の刻めり冬日のしずか

信濃

焦がれつつ来たる信濃はアカシヤの花の散り敷く雨の分去《わかさ》れ

「分去れ」は中仙道の追分を起点に北への道の分れ目

透きとおる木洩れ日受けて落葉松《からまつ》の林の中に朽葉の匂う

落葉松の林をゆけば風そよぎ信濃はたのし野の花の咲く

夕暮れの高速バスの窓に見つ深き山間《やまあい》影絵なる村

黄と赤と暗き緑を山肌に信濃路はいま冬に入りゆく

『風立ちぬ』読みしは十五歳《じゅうご》の夏なりきいまも手元に沓き一冊

求めきし津村信夫の若き日の詩集見つけぬ京の古書市

「ひとすじの白い流れ…」と高原の国境詩いし津村信夫は
堀辰雄、立原道造、津村また若き詩人は早く死にたり

あてどなく来し下諏訪に見つけたる今井邦子の生い立ちし家

中仙道宿場町なる下諏訪の人こまやかに道教えくれたり

吉屋信子記念館

椨《たぶ》の木の枝切りし傷痕《あと》盛り上り凹凸あまた幹太く立つ

（鎌倉長谷寺にて）

この家を吉屋信子氏設計の吉田五十八《いそや》に「尼寺の如くに」と

敷、鴨居窓枠くろく際やかに天井たかく風ひかる家

北向きの書斎しずかに裏庭を望む窓辺に机置きたり

〝秋灯《ともし》机の上の幾山河〟と詠みし独り身物語《はなし》ゆたけし

救急車

腹痛くいよよ耐えかね救急の車に乗りぬ事みな置きて

寝しずまる街をいずこへ救急の車より見る白き道標

夜を寝ず救急治療に立ち向うひとらテキパキ女性の多し

まなざしをひたと定めて症状を聞き取る女医の声のやさしき

胆汁の流れひとときつまれるか痛み薄らぎ夜の明けゆく

入院

知らぬ間に手術は終わり点滴の管つながれて命はありき

胆管にファイバー入れて石取りぬ二粒ありしと若き医師云う

病院の真夜壁伝うかすかなる水音夢ににじみ入りにき

ただ眠り所在なきまま点滴や検温採血にひと日暮れゆく

重湯から薄き粥へと日々に濃く腹驚かぬ食給わりぬ

病室へ持ち込みし本志賀直哉短篇ふたつしみじみと読む

病室の窓より見ゆる細長き朝空晴れて柩車出で行く

車窓

移りゆく窓に明るく安城の刈田ゆたかにしめりを帯びて

冬ざれの列車の窓に揖斐長良木曾川運びし豊かなる土壌《つち》

木曾長良揖斐川三筋寄り添いて水郷はるか稲田のそよぐ

海暗き萩の河口は霙降り中州に白き鳥群れていき

津和野

町なかの溝に鯉棲む山間の津和野しずかに師走の昏れる

西周《にしあまね》鷗外育てし津和野には養老館なる学舎のありき

津和野より伊澤蘭奢《らんじゃ》も薬種屋の妻たるを捨て女優となりしか

冬日

流れ寄り中州に生いし楊柳の冬の日射しに葉のなお青き

道の端の舗装の隙に根を張りてすみれ小さく冬に入りたり

赤き色こぼして続く山茶花の冬暮れ易き寺の参道

しぐれ過ぎ山ふところの岩倉は冽《さむ》き光に臘梅の咲く

冬空の櫟《くぬぎ》林のほそき枝の高き先にも生命《いのち》ひそめり

赤蕪を高く掲げて竿に干す近江の農家　冬日あまねし

水辺

いずくより流れ来にしか淀川の芥の上をゆりかもめ飛ぶ

うす淡くケショウヤナギの群れ光る梓川べり高原は初夏

東北の見知らぬ町に磯の香の狭き通りにポストの赤き

ピラカンサ実生一尺河原に棘のするどくあまた実をもつ

きさらぎのしめりの温《ぬく》き大三島社《やしろ》のさくらつぼみふくらむ

江田島に籠り学べる若きらも煩悩ありき訓練の日々

江田島に育ち征きたる海兵の遺せし写真笑みの若かり

分水嶺

さもあるか「独居老人アンケート」封書の宛名確かにおれだ

「いい時期と」五十歳《ごじゅう》のわれに叔父のいい苦くわらえどいい時期なりき

この坂を越えなばなにか荷のひとつ軽くなるかとたどりきし日々

大和より折なす山のいくつもを抜けて紀州へ十津川街道

きさらぎの雪降る道をひたすらに鄙の温泉《いでゆ》の温み恋いゆく

天辻とうトンネル出れば水《み》分かれて川は流れの向き変えいたり

わが国の分水嶺を地図に見る北から南へ長きひとすじ

襞をなす備後の山の迫りきて分水嶺に「上下《じょうげ》」なる駅

水清くダムなき川の四万十は襞なす山の水あつめきぬ

東大寺に生きる木々

「東大寺に生きる木々」聴く境内の実生毒持ち鹿の避けると

梛《なぎ》という雌雄異なる二株を二月堂横にありて見上げぬ

かのひとも歩みたりしか二月堂回廊の床擦られ節浮く

多羅葉《よう》の厚き楕円の葉の裏に文字書き送りし古《いにしえ》の恋

黄葉透きて光なごめる樹の下に少女らわらう公園の午後

きざはしの半ばの銀杏実朝の殪《たお》れし日にもありて見しかな
（鎌倉鶴岡八幡宮にて）

出雲

出雲路のくろき甍の大き家《や》に松の風除け四角に立ちぬ

銀《しろがね》の鉱山《やま》で栄えたる大庄屋熊谷家遺構板抜き雪隠

のこされし道具や家具に覚えある昭和の名残り暗き影添う

掘割に影落したる松並木小泉八雲の旧居つましき

時過ぎて

あえかなる女教師《ひと》への憧れ「朝霧」とうラジオドラマに聞き入りし吾《われ》八歳《やつ》

「朝霧」は川端康成の短篇小説と後日知る

父の死も飢えも疎開も稚なには無残なりしもはるか過ぎたり

きさらぎの半ばに死にし父偲び鳥辺野の坂踏みて墓参す

戦死なきこの七十年わが国が他国攻めざる事実の重き

日に焼けて砂漠の戦跡撮りてきしおとこ笑みつつ言葉すくなし

しらしらと湖《うみ》の光りて早や夏の猛きはあらず稲穂ゆれいる

随想　忘れ得ぬひと「松田武雄先生」

その時、私は戦後の耐乏生活の一環として庭を耕し家庭菜園にして玉葱の細い苗を二百本ほど植えていた。

居間のラジオから流れてくる東京裁判の判決の声が「ヒデキ・トージョウ、ハンギング…」と聞こえた。

当時の大阪の庶民は「何であんなアホな戦争をさらしてこんな苦労をわれわれにさせやがって、東條のあほんだらめ」というところであったから私も絞首刑は当然と溜飲を下げていた。

数日後国語と日本史をわれら工業学校併設中学三年生の思春期の生徒に教えてくださっていた松田武雄先生が、日本史の授業の前に「先日東京裁判の判決があった。勝者の手で敗者たる日本人が裁かれたが世の中は勝てば官軍であり有力者に時勢はなびくのだから裁かれた人を悪人呼ばわりする風潮ではある。誤った道へ国を導いた罪を負うべき人もあろうが、人間として立派でありながら罪人《つみびと》として裁かれた人もある。この正確な評価は歴史の流れの中でいずれ定まるであろう。早急に悪人呼ばわりはするべきでない」と。

その時に「いまは猫も杓子も民主主義というが、これが真理という人もあるがあくまで通念であり哲学的な意味での真理ではない。君らはいま十四才から十五才であるが、この混沌の世の中にあって私が国語、日本史の教師として接していく中で、とにかく自分の頭で考え正邪を見極めていく力を得てくれたらと思う。文法がどうの、文節がどうの年号がどうのということよりも、考えること、生きていく上の思考の糧を得る勉強の道を手探りすることの大切さを把んで欲しい」と云われた。

先生は当時二十四、五才で戦争帰りの青年とも思われなかったが、軍隊経験はあったかも知れない。正確な意味での教諭という名の職業的教育者ではなく、どこかの大学に在籍してアルバイトに講師として工業学校に勤めておられたのではないかとこれは私の想像である。服装も国防色のジャンパー的なものを身につけられてそのころの一般的な耐乏スタイルであった。

青年らしい一途にひたむきな授業への熱情は私を捉えた。クラスの悪童どももこの先生の授業では騒がなかった。

当時の私は翌春の併設中学卒業と同時に家の事情もあって社会へ出て働くことになっていた。

父は昭和十八年二月に四十五才で病死し、当時月百円で生活できたのが二年後にはインフレで闇米一升百円となり遺産の動産不動産はともに無価値同然で一挙に生活基盤がくずれていた。戦中から戦後はふたりの姉がゴム統制会という戦時国策会社に勤めて何とか生活をしのいでいた。

が昭和二十四年二月に姉の一人が嫁ぐことになり、母親は「早う働いて毎月家へ金を入れてくれ」というばかりで教育とか学歴とかは考えの外で、勉強したいといえば「勉強でめしが食えるか」という考えであったし私もそう思っていた。

しかし松田先生の話を聞くたびに、高慢な村夫子としてしたり顔の近所のオッサンの姿がよぎり、あれにはなりたくないという気持が募った。

とにかく勉強は続けよう。せめて正邪の判る、芸術の魅力の味わえる男になりたいと思い普通科の大阪府立布施高校の定時制に進んだ。

工業学校の先生方は戦後のインフレと低賃金で生活に疲れておられたと思う。顔色の悪いいかにも栄養不良という感じの先生もおられ、「授業に腹が減って力が入らない」とあからさまにいった人もあった。

松田先生の国語の授業で今も思い出すが「山路きて何やらゆかしすみれ草」という松尾芭蕉の俳句が戦後の食糧不足、インフレ、住宅難、治安の悪さ等の世の中にあってこの句のもつ静かな品位に深く感ずるものがあった。芭蕉が最終的にこの句に至る推敲の過程も説明され、この教科書の俳句評釈文の作者たる頴原退蔵氏は私の先生であるともいわれた。ならば松田先生は京大か同志社大の人であったと思う。

また岸田劉生の芸術論的随想の文章では「画家が目で見、頭で捉えた美を作品として定着させようとするがやはりそのすべてを捉え切れない、追求したぎりぎりの果てに残る描き切れないもどかしさがある」という意味を噛み砕いて教えていただいた。これだけ簡にして要を得た品のある文章はそうざらにはないよともいわれた。

とにかく少年は三度のめしを忘れて講義に聞き惚れていた。これからどう生活を築き自分をどう磨いていくかとひたむきに考えていた少年だったが、先生も戦後の混乱期に生活と自分の向上に悩んでおられたと思う。

私のルネッサンスの火付け役の先生ではあった。いまこのように先生を追憶しているが中学在学中に先生と会話したことはなく個人的な接触も全くなかった。卒業後稚拙な葉書を二度ほど出した時には丁寧に返事をくださった。住所はうろ覚えであるが兵庫県武庫郡本山村字本山だったか本山村精道であったか番地は忘れた。谷崎潤一郎氏とご近所であったこともあるらしく「あれだけの人でも勉強は怠っていないよ」ともいわれた。

その後先生はもっと勉強したいからと教師生活を去り大学に戻られたと風の便りに聞いた。

いつしかに時は移り残念ながら私は八十七才の老翁である。何とか曲りなりに生きてきてマンション経営者としては現職である。松田先生にあの時先生の講義をこのように聞いておりましたと笑いながら申し上げたいが消息は知らない。往時茫々、人も記憶も空《くう》に消えていくこのごろである。

（二〇二〇年十一月十七日記）

あとがき

このたび私の短歌二百首ほどを選び、一冊にまとめて見ますと、そのつたなさはともかくこの本の中に私の感性、人間としての性向、至らなさが浮き出ていてどう繕いようもありません。

プロの作家ならば自分の色合いを保ちつつ多彩なかがやきや変化《へんげ》のきらめきもありますが、私はまことにひと色で感性も直情一本、いわゆる単純です。

これらの短歌《うた》は平成十二年より二十四年までに詠まれていますが、その時の現在詠というよりは過去詠が多く、少青年期の昭和初期が時代的にも家的にも困難が多く小さな心に暗い影を落として遠景となり歌の原点にもなっています。

ともかくこの一冊を読んでくださった方々にはよくご辛抱くださいましたと深くお詫びを申し上げる次第です。

最後にここまで一冊の本に仕上げてくださった青磁社の永田淳氏に厚く御礼を申し上げます。

令和三年三月吉日

児島　良一

【著者略歴】

児島 良一（こじま・りょういち）

1933 年　大阪生まれ。
1959 年　大阪市立大学文学部卒業。
1960 ～ 1993 年　松下電工、ナショナル住宅建材に勤務。
2000 ～ 2012 年　短歌結社「塔」に参加。
1983 年～現在　新大阪・西中島グランドハイツ経営。

歌集　遠　景

初版発行日　二〇二一年四月三日

著　者　児島良一
大阪市淀川区西中島一－一三－一七西中島グランドハイツ一〇一号室
（〒五三二－〇〇一一）

定　価　二〇〇〇円
発行者　永田　淳
発行所　青磁社
京都市北区上賀茂豊田町四〇－一（〒六〇三－八〇四五）
電話　〇七五－七〇五－二八三八
振替　〇〇九四〇－二－一二四二二四
http://seijisya.com
装　幀　大西和重
印刷・製本　創栄図書印刷

ISBN978-4-86198-494-5 C0092 ¥2000E